Pietro Metastasio

Il re pastore

Texte et illustration de couverture : © domaine public
Edition : Culturea (Hérault, 34)
Contact : infos@culturea.fr
Retrouvez notre catalogue sur http://culturea.fr
Imprimé en Allemagne par Books on Demand
Design typographique : Derek Murphy
Layout : Reedsy (https://reedsy.com/)

Dépôt légal : janvier 2023
Tous droits réservés pour tous pays

ISBN : 9791041841899

ARGOMENTO

Fra le azioni più luminose d'Alessandro il Macedone fu quella di aver liberato il regno di Sidone dal suo tiranno, e poi, in vece di ritenerne il dominio, l'avere ristabilito su quel trono l'unico rampollo della legittima stirpe reale, che, ignoto a se medesimo, povera e rustica vita traeva nella vicina campagna. (CURZIO, lib. IV, cap. III; GIUSTINO, lib. II, cap. X).

Come si sia edificato su questo istorico fondamento, si vedrà nel corso del dramma.

INTERLOCUTORI

ALESSANDRO *re di Macedonia.*

AMINTA *pastorello, amante d'Elisa, che, ignoto anche a se stesso, si scuopre poi l'unico legittimo erede del regno di Sidone.*

ELISA *nobile ninfa di Fenicia, dell'antica stirpe di Cadmo, amante d'Aminta.*

TAMIRI *principessa fuggitiva, figliuola del tiranno Stratone, in abito di pastorella, amante di Agenore.*

AGENORE *nobile di Sidone, amico di Alessandro, amante di Tamiri.*

La Scena si finge nella campagna ove è attendato l'esercito macedone, a vista della città di Sidone.

ATTO PRIMO

SCENA PRIMA

Vasta ed amena campagna irrigata dal fiume Bostreno, sparsa di greggi e pastori. Largo, ma rustico ponte sul fiume. Innanzi, tuguri pastorali. Veduta della città di Sidone in lontano.

AMINTA, *assiso sopra un sasso, cantando al suono delle avene pastorali; indi* ELISA

AMINTA

Intendo, amico rio,

Quel basso mormorio;

Tu chiedi in tua favella:

'Il nostro ben dov'è?'

Intendo, amico rio... *(vedendo Elisa, getta le avene e corre ad incontrarla)*

Bella Elisa, idol mio,

Dove?

ELISA

A te, caro Aminta. *(lieta e frettolosa)*

AMINTA

Oh dèi! non sai

Che il campo d'Alessandro

Quindi lungi non è? che tutte infesta

Queste amene contrade

Il Macedone armato?

ELISA

Il so.

AMINTA

Ma dunque

Perché sola t'esponi all'insolente

Licenza militar?

ELISA

Rischio non teme,

Non ode amor consiglio.

Il non vederti è il mio maggior periglio.

AMINTA

E per me...

ELISA

Deh! m'ascolta. Ho colmo il core

Di felici speranze, e non ho pace

Fin che con te non le divido.

AMINTA

Altrove

Più sicura potrai...

ELISA

Ma d'Alessandro

Fai torto alla virtù. Son della nostra

Sicurezza custodi

Quelle schiere che temi. Ei da un tiranno

Venne Sidone a liberar; né vuole

Che sia vendita il dono:

Ne franse il giogo, e ne ricusa il trono.

AMINTA

Chi sarà dunque il nostro re?

ELISA

Si crede

Che, ignoto anche a se stesso, occulto viva

Il legittimo erede.

AMINTA

E dove...

ELISA

Ah! lascia

Che Alessandro ne cerchi. Odi. La mia

Pietosa madre... oh cara madre!... al fine

Già l'amor mio seconda; ella de' nostri

Sospirati imenei

Va l'assenso a implorar dal genitore,

E l'otterrà: me lo predice il core.

AMINTA

Ah!

ELISA

Tu sospiri, Aminta?

Che vuol dir quel sospiro?

AMINTA

Contro il destin m'adiro,

Che sì poco mi fece

Degno, Elisa, di te. Tu vanti il chiaro

Sangue di Cadmo; io, pastorello oscuro,

Ignoro il mio. Tu abbandonar dovrai

Per me gli agi paterni: offrirti in vece

Io non potrò, nella mia sorte umìle,

Che una povera greggia, un rozzo ovile.

ELISA

Non lagnarti del Ciel: prodigo assai

Ti fu de' doni suoi. Se l'ostro e l'oro

A te negò, quel favellar, quel volto,

Quel cor ti diè. Non le ricchezze o gli avi:

Cerco Aminta in Aminta, ed amo in lui

Fin la sua povertà. Dal dì primiero

Che ancor bambina io lo mirai, mi parve

Amabile, gentile

Quel pastor, quella greggia e quell'ovile;

E mi restò nel core

Quell'ovil, quella greggia e quel pastore.

AMINTA

Oh mia sola, oh mia vera

Felicità! quei cari detti...

ELISA

Addio.

Corro alla madre e vengo a te. Fra poco

Io non dovrò mai più lasciarti: insieme

Sempre il sol noi vedrà, parta o ritorni.

Oh dolce vita! oh fortunati giorni!

Alla selva, al prato, al fonte

Io n'andrò col gregge amato;

E alla selva, al fonte, al prato

L'idol mio con me verrà.

In quel rozzo angusto tetto,

Che ricetto a noi darà,

Con la gioia e col diletto

L'INNOCENZA ALBERGHERÀ. *(PARTE)*

SCENA SECONDA

AMINTA, POI ALESSANDRO ED AGENORE CON PICCIOL SÉGUITO.

AMINTA

Perdono, amici dèi: fui troppo ingiusto,

Lagnandomi di voi. Non splende in cielo

Dell'astro, che mi guida, astro più bello.

Se la terra ha un felice, Aminta è quello.

AGENORE

(Ecco il pastor). *(piano ad Alessandro)*

AMINTA

Ma fra' contenti oblio

La mia povera greggia. *(da sé, in atto di partire)*

ALESSANDRO

(ad Aminta)

Amico, ascolta.

AMINTA

(Un guerrier!) Che domandi?

ALESSANDRO

Sol con te ragionar.

AMINTA

Signor, perdona,

Qualunque sei: d'abbeverar la greggia

L'ora già passa.

ALESSANDRO

Andrai, ma un breve istante

Donami sol. (Che signoril sembiante!) *(piano ad Agenore)*

AMINTA

(Da me che mai vorrà?)

ALESSANDRO

Come t'appelli?

AMINTA

Aminta.

ALESSANDRO

E il padre?

AMINTA

Alceo.

ALESSANDRO

Vive?

AMINTA

No; scorse

Un lustro già ch'io lo perdei.

ALESSANDRO

Che avesti

Dal paterno retaggio?

AMINTA

Un orto angusto

Ond'io traggo alimento,

Poche agnelle, un tugurio e il cor contento.

ALESSANDRO

Vivi in povera sorte.

AMINTA

Assai benigna

Sembra a me la mia stella:

Non bramo della mia sorte più bella.

ALESSANDRO

Ma in sì scarsa fortuna...

AMINTA

Assai più scarse

Son le mie voglie.

ALESSANDRO

Aspro sudor t'appresta

Cibo volgar.

AMINTA

Ma lo condisce.

ALESSANDRO

Ignori

Le grandezze, gli onori.

AMINTA

E rivali non temo,

E rimorsi non ho.

ALESSANDRO

T'offre un ovile

Sonni incommodi e duri.

AMINTA

Ma tranquilli e sicuri.

ALESSANDRO

E chi fra queste,

Che ti fremono intorno, armate squadre,

Chi assicurar ti può?

AMINTA

Questa, che tanto

Io lodo, tu disprezzi, e il Ciel protegge,

Povera, oscura sorte.

AGENORE

(*piano ad Alessandro*) Hai dubbi ancora?

ALESSANDRO

(Quel parlar mi sorprende e m'innamora).

AMINTA

Se altro non brami, addio.

ALESSANDRO

Senti. I tuoi passi

Ad Alessandro io guiderò, se vuoi.

AMINTA

No.

ALESSANDRO

Perché?

AMINTA

Sedurrebbe

Ei me dalle mie cure: io qualche istante

Al mondo usurperei del suo felice

Benefico valor. Ciascun se stesso

Deve al suo stato. Altro il dover d'Aminta,

Altro è quel d'Alessandro. È troppo angusta

Per lui tutta la terra: una capanna

Assai vasta è per me. D'agnelle io sono,

Ei duce è di guerrieri:

Picciol campo io coltivo, ei fonda imperi.

ALESSANDRO

Ma può il Ciel di tua sorte

In un punto cangiar tutto il tenore.

AMINTA

Sì; ma il Cielo fin or mi vuol pastore.

So che pastor son io

Né cederei fin or

Lo stato d'un pastor

Per mille imperi.

Se poi lo stato mio

Il Ciel cangiar vorrà,

Il Ciel mi fornirà

D'ALTRI PENSIERI. (PARTE)

SCENA TERZA

ALESSANDRO ED AGENORE

AGENORE

Or che dici, Alessandro?

ALESSANDRO

Ah! certo asconde

Quel pastorel lo sconosciuto erede

Del soglio di Sidone. Eran già grandi

Le prove tue; ma quel parlar, quel volto

Son la maggior. Che nobil cor! che dolce,

Che serena virtù! Sieguimi: andiamo

La grand'opra a compir. De' fasti miei

Sarà questo il più bello. Abbatter mura,

Eserciti fugar, scuoter gl'imperi

Fra' turbini di guerra,

È il piacer che gli eroi provano in terra.

Ma sollevar gli oppressi,

Render felici i regni,

Coronar la virtù, togliere a lei

Quel che l'adombra ingiurioso velo,

È il piacer che gli dèi provano in cielo.

Si spande al sole in faccia

Nube talor così,

E folgora e minaccia

Su l'arido terren.

Ma, poi che in quella foggia

Assai d'umori unì,

Tutta si scioglie in pioggia,

E GLI FECONDA IL SEN. *(PARTE COL SÉGUITO)*

SCENA QUARTA

TAMIRI IN ABITO PASTORALE ED AGENORE

TAMIRI

Agenore! T'arresta: odi...

AGENORE

Perdona,

Leggiadra pastorella: io d'Alessandro

Deggio or su l'orme... (Oh dèi! Tamiri è quella,

O m'inganna il desio?)

Principessa!

TAMIRI

Ah, mio ben!

AGENORE

Sei tu!

TAMIRI

Son io.

AGENORE

Tu qui? tu in questa spoglia?

TAMIRI

Io deggio a questa

Il sol ben che mi resta,

Ch'è la mia libertà, giacché Alessandro

Padre e regno m'ha tolto.

AGENORE

Oh, quanto mai

Ti piansi e ti cercai! Ma dove ascosa

Ti celasti fin or?

TAMIRI

La bella Elisa

Fuggitiva m'accolse.

AGENORE

E qual disegno...

Ah! m'attende Alessandro.

Addio: ritornerò.

TAMIRI

Senti. Alla fuga

Tu d'aprirmi un cammin, ben mio, procura:

Altrove almeno io piangerò sicura.

AGENORE

Vuoi seguir, principessa

Un consiglio più saggio? ad Alessandro

Meco ne vieni.

TAMIRI

All'uccisor del padre!

AGENORE

Straton se stesso uccise: ei la clemenza

Del vincitor prevenne.

TAMIRI

Io stessa ai lacci

Offrir la destra! Io delle greche spose

Andrò gl'insulti a tollerar!

AGENORE

T'inganni:

Non conosci Alessandro; ed io non posso

Per or disingannarti. Addio. Fra poco

A te verrò. *(in atto di partire)*

TAMIRI

Guarda: di Elisa i tetti

Colà...

AGENORE

Già mi son noti. *(come sopra)*

TAMIRI

Odi.

AGENORE

Che brami?

TAMIRI

Come sto nel tuo core?

AGENORE

Ah! non lo vedi?

A' tuoi begli occhi, o principessa, il chiedi.

Per me rispondete,

Begli astri d'amore:

Se voi nol sapete,

Chi mai lo saprà?

Voi tutte apprendeste

Le vie del mio core

Quel dì che vinceste

LA MIA LIBERTÀ. *(PARTE)*

SCENA QUINTA

TAMIRI

No, voi non siete, o dèi,

Quanto fin or credei,

Inclementi con me. Cangiaste, è vero,

In capanna il mio soglio, in rozzi velli

La porpora real: ma fido ancora

L'idol mio ritrovai.

Pietosi dèi, voi mi lasciaste assai.

Di tante sue procelle

Già si scordò quest'alma;

Già ritrovò la calma

Sul volto del mio ben.

Tra l'ira delle stelle

Se palpitò d'orrore,

Or di contento il core

VA PALPITANDO IN SEN. (PARTE)

SCENA SESTA

ELISA SOMMAMENTE ALLEGRA E FRETTOLOSA, POI AMINTA

ELISA

Oh lieto giorno! oh me felice! oh caro

Mio genitor! Ma... Dove andò? Pur dianzi

Qui lo lasciai. Sarà là dentro. *(accennando uno de' tuguri pastorali)* Aminta?

Aminta?... Oh stolta! Or mi sovviene; è l'ora

D'abbeverar la greggia. Al fonte io deggio,

E non qui ricercarne... E s'ei tornasse

Per altra via? Qui dee venir. S'attenda,

E si riposi; io n'ho grand'uopo. *(siede)* Oh, come

Mi balza il cor! Non mi credea che tanto

Affannasse un piacere... Eccolo... Ha scossi

Alcun que' rami... È il mio Melampo. Ah, questo

È un eterno aspettar! *(s'alza)* No, non poss'io

Tranquilla in questa guisa

Più rimaner. *(in atto di partire)*

AMINTA

Dove t'affretti, Elisa?

ELISA

Ah, tornasti una volta! Andiamo.

AMINTA

E dove?

ELISA

Al genitor.

AMINTA

Dunque ei consente...

ELISA

Il core

Non m'ingannò: sarai mio sposo, e prima

Che il sol tramonti. Impaziente il padre

N'è al par di noi. D'un così amabil figlio

Superbo, e lieto... Ei tel dirà. Vedrai

Dall'accoglienze sue... Vieni.

AMINTA

Ah! ben mio,

Lasciami respirar. Pietà d'un core

Che fra le gioie estreme...

DEH! NON TARDIAM... RESPIREREMO INSIEME. *(IN ATTO DI PARTIRE)*

SCENA SETTIMA

AGENORE, SEGUÌTO DA GUARDIE REALI E NOBILI DI SIDONE, CHE PORTANO SOPRA BACILI D'ORO LE REGIE INSEGNE, E DETTI.

AGENORE

Dal più fedel vassallo

Il primo omaggio, eccelso re, ricevi.

ELISA

Che dice? *(ad Aminta)*

AMINTA

A chi favelli? *(ad Agenore)*

AGENORE

A te, signor.

AMINTA

(con viso sdegnoso) Lasciami in pace e prendi

Alcun altro a schernir. Libero io nacqui,

Se re non sono; e, se non merto omaggi, *(crescendo il risentimento)*

Ho un core almen, che non sopporta oltraggi.

AGENORE

Quel generoso sdegno

Te scopre e me difende. Odimi e soffri

Che ti sveli a te stesso il zelo mio.

ELISA

Come! Aminta ei non è? *(ad Agenore)*

AGENORE

No.

AMINTA

E chi son io?

AGENORE

Tu Abdolonimo sei, l'unico erede

Del soglio di Sidone.

AMINTA

Io!

AGENORE

Sì. Scacciato

Dal reo Stratone, il padre tuo bambino

Al mio ti consegnò. Questi, morendo,

Alla mia fé commise

Te, il segreto e le prove.

ELISA

E il vecchio Alceo...

AGENORE

L'educò sconosciuto.

AMINTA

E tu fin ora...

AGENORE

Ed io, fin or tacendo, alla paterna

Legge ubbidii. M'era il parlar vietato,

Fin che qualche cammin t'aprisse al trono

L'assistenza de' numi. Io la cercai

Nel gran cor d'Alessandro, e la trovai.

ELISA

Oh giubilo! oh contento!

Il mio bene è il mio re.

AMINTA

(ad Agenore)

Dunque Alessandro...

AGENORE

T'attende, e di sua mano

Vuol coronarti il crin. Le regie spoglie

Quelle son, ch'ei t'invia. Questi, che vedi,

Son tuoi servi e custodi. Ah! vieni ormai;

AH! QUESTO GIORNO HO SOSPIRATO ASSAI. *(PARTE)*

SCENA OTTAVA

AMINTA

Elisa?

ELISA

Aminta?

AMINTA

È sogno?

ELISA

Ah! no.

AMINTA

Tu credi

Dunque...

ELISA

Sì; non è strano

Questo colpo per me, benché improvviso:

Un cor di re sempre io ti vidi in viso.

AMINTA

Sarà. Vadasi intanto

Al padre tuo. *(s'incammina)*

ELISA

(l'arresta)

No; maggior cura i numi

Ora esigon da te. Va, regna, e poi...

AMINTA

Che! m'affretti a lasciarti?

ELISA

Ah, se vedessi

Come sta questo cor! Di gioia esulta;

Ma pur... No, no, tacete,

Importuni timori. Or non si pensi

Se non che Aminta è re. Deh! va: potrebbe

Alessandro sdegnarsi.

AMINTA

Amici dèi,

Son grato al vostro dono;

Ma troppo è caro a questo prezzo un trono.

ELISA

Vanne a regnar, ben mio;

Ma fido a chi t'adora

Serba, se puoi, quel cor.

AMINTA

Se ho da regnar, ben mio,

Sarò sul trono ancora

Il fido tuo pastor.

ELISA

Ah, che il mio re tu sei!

AMINTA

Ah, che crudel timor!

A DUE

Voi proteggete, o dèi,

QUESTO   INNOCENTE   AMOR.

ATTO SECONDO

SCENA PRIMA

Grande e ricco padiglione d'Alessandro da un lato; ruine inselvatichite di antichi edifici dall'altro. Campo de' Greci in lontano. Guardie del medesimo in vari luoghi.

TAMIRI IN ATTO DI TIMORE, ELISA CONDUCENDOLA PER MANO.

ELISA

Seguimi. A che t'arresti?

TAMIRI

Amica, oh Dio!

Tremo da capo a piè. Torniam, se m'ami,

Torniamo al tuo soggiorno.

ELISA

Io non t'intendo:

T'affretti impaziente

Pria d'Agenore in traccia; ed or nol curi,

Già vicina a trovarlo?

TAMIRI

Amor m'ascose

Da lungi il rischio: or che vi son, comprendo

La mia temerità.

ELISA

Perché?

TAMIRI

La figlia

Non son io di Stratone?

ELISA

E ben?

TAMIRI

Le tende

Non son quelle de' Greci? E se di loro

Mi scopre alcuno? Ah! per pietà, fuggiamo,

Cara Elisa.

ELISA

È follia. Chi vuoi che possa

Scoprirti in queste vesti? E, se potesse

Scoprirti ognun, che n'avverrebbe? È forse

Un barbaro Alessandro? Abbiam sì poche

Prove di sua virtù? Del re de' Persi

E la sposa e la madre

Non sai...

TAMIRI

Lo so; ma la sventura mia

Forse è maggior di sua virtù. Non oso

Di metterla a cimento. Andiam.

ELISA

Perdona;

Puoi tornar sola. Io nulla temo, e voglio

Cercare Aminta. *(incamminandosi verso il padigilione)*

TAMIRI

Aspetta: il tuo coraggio

M'inspira ardir. *(risoluta)*

ELISA

Dunque mi segui. *(incamminandosi come sopra)*

TAMIRI

(fa qualche passo e poi s'arresta)

Oh Dio!

Mille rischi ho presenti.

No, non ho cor.

ELISA

Dunque mi lasci? *(le fugge di mano)*

TAMIRI

Ah! senti.

Al mio fedel dirai

Ch'io son... ch'io venni... Oh Dio!

Tutto il mio cor tu sai:

Parlagli col mio cor.

Che mai spiegar, che mai

Dirti di più poss'io?

Tu vedi il caso mio,

E TU CONOSCI AMOR. *(PARTE)*

SCENA SECONDA

ELISA, POI AGENORE

ELISA

Questa del campo greco

È la tenda maggior: qui l'idol mio

Certo ritroverò.

AGENORE

Dove t'affretti,

Leggiadra ninfa? *(arrestandola)*

ELISA

Io vado al re. *(vuol passare)*

AGENORE

(la ferma)

Perdona:

Veder nol puoi.

ELISA

Per qual cagione?

AGENORE

Or siede

Co' suoi Greci a consiglio.

ELISA

Co' Greci suoi?

AGENORE

Sì.

ELISA

Dunque andar poss'io:

Non è quello il mio re. *(incamminandosi)*

AGENORE

(arrestandola)

Ferma: né pure

Al tuo re lice andar.

ELISA

Perché?

AGENORE

Che attenda

Alessandro or convien.

ELISA

L'attenda. Io bramo

Vederlo sol. *(come sopra)*

AGENORE

No; d'inoltrarti tanto

Non è permesso a te.

ELISA

Dunque l'avverti:

Egli a me venga.

AGENORE

E questo

Non è permesso a lui.

ELISA

Permesso almeno

Mi sarà d'aspettarlo. *(siede)*

AGENORE

Amica Elisa,

Va, credi a me: per ora

Deh! non turbarci. Io col tuo re fra poco

Più tosto a te verrò.

ELISA

No, non mi fido:

Tu non pensi a Tamiri,

Ed a me penserai?

AGENORE

T'inganni. Appunto

Io voglio ad Alessandro

Di lei parlar. Già incominciai, ma fui

Nell'opera interrotto. Ah! va. S'ei viene,

Gli opportuni momenti

Rubar mi puoi.

ELISA

T'appagherò. *(s'alza, sincammina, poi si volge)* Frattanto

Non celare ad Aminta

Le smanie mie.

AGENORE

No.

ELISA

(come sopra)

Digli

Che le sue mi figuro.

AGENORE

Sì.

ELISA

Da me lungi, oh quanto

Penerà l'infelice! *(ad Agenore, ma da lontano)*

AGENORE

Molto.

ELISA

E parla di me? *(da lontano)*

AGENORE

Sempre.

ELISA

(torna ad Agenore)

E che dice?

AGENORE

Ma tu partir non vuoi. Se tutte io deggio

Ridir le sue querele... *(con impeto)*

ELISA

Vado: non ti sdegnar. Sei pur crudele!

Barbaro, oh Dio! mi vedi

Divisa dal mio ben;

Barbaro, e non concedi

Ch'io ne dimandi almen?

Come di tanto affetto

Alla pietà non cedi?

Hai pure un core in petto,

HAI PURE UN'ALMA IN SEN. *(PARTE)*

SCENA TERZA

AGENORE ED AMINTA

AGENORE

Nel gran cor d'Alessandro, o dèi clementi,

Secondate i miei detti

A favor di Tamiri. Ah! n'è ben degna

La sua virtù, la sua beltà... Ma dove,

Dove corri, mio re?

AMINTA

La bella Elisa

Pur da lungi or mirai: perché s'asconde?

Dov'è?

AGENORE

Partì.

AMINTA

Senza vedermi? Ingrata!

Ah! raggiungerla io voglio. *(s'incammina)*

AGENORE

Ferma, signor. *(l'arresta)*

AMINTA

Perché?

AGENORE

Non puoi.

AMINTA

Non posso?

Chi dà legge ad un re?

AGENORE

La sua grandezza,

La giustizia, il decoro, il bene altrui,

La ragione, il dover.

AMINTA

Dunque pastore

Io fui men servo? e che mi giova il regno?

AGENORE

Se il regno a te non giova,

Tu giovar devi a lui. Te dona al regno

Il Ciel, non quello a te. L'eccelsa mente,

L'alma sublime, il regio cor, di cui

Largo ei ti fu, la pubblica dovranno

Felicità produrre; e solo in questa

Tu déi cercar la tua. Se te non reggi,

Come altrui reggerai? come... Ah! mi scordo

Che Aminta è il re, che un suo vassallo io sono.

Errai per troppo zel: signor, perdono. *(vuole inginocchiarsi)*

AMINTA

Che fai? Sorgi. *(lo solleva)* Ah! se m'ami,

Parlami ognor così. Mi par sì bella,

Che di sé m'innamora,

La verità, quando mi sferza ancora.

AGENORE

Ah! te destina il fato

Veramente a regnar.

AMINTA

Ma dimmi, amico:

Non deggio amar chi m'ama? È poco Elisa

Degna d'amore? Ho da lasciar, regnante,

Chi mi scelse pastore? I suoi timori,

Le smanie sue non denno

Farmi pietà? Chi condannar potrebbe

Fra gli uomini, fra i numi, in terra, in cielo

La tenerezza mia?

AGENORE

Nessuno: è giusta;

Ma pria di tutto...

AMINTA

Ah! pria di tutto andiamo,

Amico, a consolarla, e poi...

AGENORE

T'arresta.

Sciolto è il consiglio; escono i duci; a noi

Viene Alessandro.

AMINTA

Ov'è?

AGENORE

Non riconosci

I suoi custodi alla real divisa?

AMINTA

Dunque...

AGENORE

Attender convien.

AMINTA

Povera Elisa!

AGENORE

Ogni altro affetto ormai

Vinca la gloria in te.

Parli una volta il re,

Taccia l'amante.

Sempre un pastor sarai

Se l'arte di regnar

Pretendi d'imparar

Da un bel sembiante.

SCENA QUARTA

Alessandro e detti.

ALESSANDRO

Agenore. *(ad Agenore, che parte)*

AGENORE

Signor.

ALESSANDRO

Fermati: io deggio

Poi teco favellar. *(Agenore si ferma)*

(ad Aminta)

Per qual cagione

Resta il re di Sidone

Ravvolto ancor fra quelle lane istesse?

AMINTA

Perché ancor non impresse

Su quella man, che lo solleva al regno,

Del suo grato rispetto un bacio in pegno.

Soffri che prima al piede

Del mio benefattor... *(vuole inginocchiarsi)*

ALESSANDRO

No; dell'amico

Vieni alle braccia, e, di rispetto in vece,

Rendigli amore. Esecutor son io

Dei decreti del Ciel. Tu del contento,

Che in eseguirli io provo,

Sol mi sei debitor. Per mia mercede

Chiedo la gloria tua.

AMINTA

Qual gloria, oh dèi!

Io saprò meritar, se fino ad ora

Una greggia a guidar solo imparai?

ALESSANDRO

Sarai buon re, se buon pastor sarai.

Ama la nuova greggia

Come l'antica; e, dell'antica al pari,

Te la nuova amerà. Tua dolce cura

Il ricercar per quella

Ombre liete, erbe verdi, acque sincere

Non fu fin or? Tua dolce cura or sia

E gli agi ed i riposi

Di quest'altra cercar. Vegliar le notti,

Il dì sudar per la diletta greggia,

Alle fiere rapaci

Esporti generoso in sua difesa,

Forse è nuovo per te? Forse non sai

Le contumaci agnelle

Più allettar con la voce

Che atterrir con la verga? Ah! porta in trono,

Porta il bel cor d'Aminta, e amici i numi,

Come avesti fra' boschi, in trono avrai.

Sarai buon re, se buon pastor sarai.

AMINTA

Sì. Ma in un mar mi veggo

Ignoto e procelloso. Or, se tu parti,

Chi sarà l'astro mio? da chi consigli

Prender dovrò?

ALESSANDRO

Già questo dubbio solo

Mi promette un gran re. Del mar che varchi

Tu prevedi, e mi piace,

Già lo scoglio peggior. Darne consiglio

Spesso non sa chi vuole,

Spesso non vuol chi sa. Di fé, di zelo,

Di valor, di virtù su gli occhi nostri

Fa pompa ognun; ma sempre uguale al volto

Ognun l'alma non ha. Sceglier fra tanti

Chi sappia e voglia, è gran dottrina; e forse

È la sola d'un re. Per mano altrui

Ben di Marte e d'Astrea l'opre più belle

Può un re compir; ma il penetrar gli oscuri

Nascondigli d'un cor, distinguer chiara

La verità tra le menzogne oppressa,

È la grande al re solo opra commessa.

AMINTA

Ma donde un sì gran lume

Può sperare un pastor?

ALESSANDRO

Dal Ciel, che illustra

Quei che sceglie a regnar. Nebbie d'affetti

Se dal tuo cor tu sollevar non lasci

A turbarti il seren, tutto vedrai.

Sarai buon re, se buon pastor sarai.

AMINTA

Tanto ardir da quei detti...

ALESSANDRO

Or va... deponi

Quelle rustiche vesti, altre ne prendi,

E torna a me. Già di mostrarti è tempo

A' tuoi fidi vassalli.

AMINTA

Ah! fate, o numi,

Fate che Aminta in trono

Se stesso onori, il donatore e il dono.

Ah! per voi la pianta umìle

Prenda, o dèi, miglior sembianza,

E risponda alla speranza

D'un sì degno agricoltor!

Trasportata in colle aprico,

Mai non scordi il bosco antico,

Né la man che la feconda

D'OGNI FRONDA E D'OGNI FIOR. *(PARTE)*

SCENA QUINTA

ALESSANDRO ED AGENORE

AGENORE

(Or per la mia Tamiri

È tempo di parlar).

ALESSANDRO

La gloria mia

Me fra lunghi riposi,

Agenore, non soffre. Oggi a Sidone

Il suo re donerò: col nuovo giorno

Partir vogl'io; ma, tel confesso, appieno

Soddisfatto non parto. Il vostro giogo

Io fransi, è vero; io ritornai lo scettro

Nella stirpe real; nel saggio Aminta

Un buon re lascio al regno, un vero amico

In Agenore al re. Sarebbe forse

Onorata memoria il nome mio

Lungamente fra voi. Tamiri, oh dèi!

Sol Tamiri l'oscura. Ov'ella giunga

Fuggitiva, raminga,

Di me che si dirà? che un empio io sono,

Un barbaro, un crudel.

AGENORE

Degna è di scusa,

Se figlia d'un tiranno, ella temea...

ALESSANDRO

Questo è il suo fallo: e che temer dovea?

Se Alessandro punisce

Le colpe altrui, le altrui virtudi onora.

AGENORE

L'Asia non vide altri Alessandri ancora.

ALESSANDRO

Quanta gloria m'usurpa! Io lascerei

Tutti felici. Ah! per lei sola or questa

Riman del mio valore orma funesta.

AGENORE

(Coraggio!)

ALESSANDRO

Avrei potuto

Altrui mostrar, se non fuggia Tamiri,

Ch'io distinguer dal reo so l'innocente.

AGENORE

Non lagnarti. Il potrai.

ALESSANDRO

Come!

AGENORE

È presente.

ALESSANDRO

Chi?

AGENORE

Tamiri.

ALESSANDRO

E mel taci?

AGENORE

Il seppi appena

Che a te venni; e or volea...

ALESSANDRO

Corri! t'affretta!

Guidala a me.

AGENORE

Vado e ritorno. *(in atto di partire)*

ALESSANDRO

Aspetta. *(pensa)*

(Ah! sì: mai più bel nodo *(risoluto da sé)*

Non strinse Amore). Or sì contento appieno

Partir potrò. Vola a Tamiri, e dille

Ch'oggi al nuovo sovrano

Io darò la corona, ella la mano.

AGENORE

La man!

ALESSANDRO

Sì, amico. Ah! con un sol diadema

Di due bell'alme io la virtù corono.

Ei salirà sul trono,

Senza ch'ella ne scenda; e a voi la pace,

La gloria al nome mio

Rendo così: tutto assicuro.

AGENORE

(Oh Dio!)

ALESSANDRO

Tu impallidisci e taci!

Disapprovi il consiglio? È pur Tamiri...

AGENORE

Degnissima del trono.

ALESSANDRO

È un tal pensiero...

AGENORE

Degnissimo di te.

ALESSANDRO

Di quale affetto

Quel tacer dunque è segno e quel pallore?

AGENORE

Di piacer, di rispetto e di stupore.

ALESSANDRO

Se vincendo vi rendo felici,

Se partendo non lascio nemici,

Che bel giorno fia questo per me!

De' sudori, ch'io spargo pugnando,

Non dimando più bella mercé. *(PARTE)*

SCENA SESTA

AGENORE SOLO.

AGENORE

Oh inaspettato, oh fiero colpo! Ah! troppo,

Troppo, o numi inclementi,

Trascendeste i miei voti: io non chiedea

Tanto da voi. Misero me! ti perdo,

Bella Tamiri, e son cagione io stesso

Della perdita mia. Folle ch'io fui!

Ben preveder dovea... Come! ti penti,

Agenore infelice,

D'un atto illustre? E tu sei quel che tanta

Virtude ostenta? E quel tu sei, che ardisce

Di correggere i re? Torna in te stesso,

E grato ai numi... Ah! rimirar potrai

La tua bella speranza ad altri in braccio

Senza morir? No; ma la scusa è indegna,

O Agenore, di te. Se ami la vita

Men dell'onor, se più Tamiri adori

Che il tuo piacer, guidala in trono e mori.

SCENA SETTIMA

AMINTA IN ABITO REALE, E DETTO.

AMINTA

Eccomi a te di nuovo; ecco deposte

Le care spoglie antiche. Avvolto in questi

Lucidi impacci, alla mia bella Elisa

Mal noto forse io giungerò. Potessi

Almeno a lei mostrarmi!

AGENORE

Ah! d'altre cure,

Signore, è tempo. Or che sei re, conviene

Che a pensar tu incominci in nuova guisa.

AMINTA

Come! E che far dovrei?

AGENORE

Scordarti Elisa.

AMINTA

Elisa! E chi l'impone?

AGENORE

Un cenno augusto

Di chi può ciò che vuole, e vuole il giusto:

L'impone il ben d'un regno,

L'onor d'un trono...

AMINTA

Ah! vadan pria del mondo

Tutti i troni sossopra. Elisa è stato,

Elisa è il mio pensiero; e, fin che l'alma

Non sia da me divisa,

Sempre Elisa il sarà. Scordarmi Elisa!

Ma sai come io l'adoro?

Sai che fece per me? sai come...

AGENORE

Ah! calma

Quegl'impeti, o mio re.

AMINTA

Scordarmi Elisa!

Se lo tentassi, io ne morrei.

AGENORE

T'inganni:

Di tua virtù non ben conosci ancora

Tutto il valor. Sentimi solo; e poi...

AMINTA

Che mai, che dir mi puoi?

AGENORE

Che, quando al trono

Sceglie il Cielo un regnante... *(vede Elisa alla destra)* Ah! viene Elisa.

Fuggiam.

AMINTA

Non lo sperar.

AGENORE

Pietà, signore,

Di te, di lei. L'ucciderai, se parli

Pria di saper...

AMINTA

Non parlerò, tel giuro.

AGENORE

No: déi fuggirla. Andiam: soffri un eccesso

DELL'ARDITA MIA FÉ SOL QUESTA VOLTA. *(LO PRENDE PER MANO E IL TRAE SECO IN FRETTA VERSO LA SINISTRA)*

SCENA OTTAVA

TAMIRI DALLA SINISTRA, ELISA DALLA DESTRA, E DETTI.

TAMIRI

Dove, Agenore?

AGENORE

Oh stelle!

ELISA

Aminta, ascolta.

AGENORE

Ah, principessa!

AMINTA

Ah, mio tesoro!

TAMIRI

(ad Agenore)

E tanto

Attenderti convien?

ELISA

(ad Aminta)

Tanto bisogna

Sospirar per vederti?

TAMIRI

(ad Agenore)

A me pensasti?

ELISA

Pensasti a me? *(ad Aminta)*

TAMIRI

(ad Agenore)

Posso saper qual sia

Al fin la sorte mia?

ELISA

Ritrovo ancora

Il mio pastor nel re? *(ad Aminta)*

TAMIRI

(ad Agenore)

Ma tu sospiri?

ELISA

Ma tu non mi rispondi? *(ad Aminta)*

TAMIRI

Parla. *(ad Agenore)*

AGENORE

Dovrei... Non posso.

ELISA

Parla. *(ad Aminta)*

AMINTA

Vorrei... Non so.

TAMIRI

Come!

ELISA

Che avvenne?

TAMIRI *ed* ELISA

Ma parlate una volta.

AGENORE

Ah! che pur troppo

Si parlerà. Lasciateci un momento

Respirar soli in pace.

TAMIRI

Udisti, Elisa?

ELISA

Oh dèi, scacciarne! E tu che dici, Aminta?

AMINTA

Ch'io mi sento morire.

TAMIRI

Intendo.

ELISA

Intendo.

TAMIRI

T'avvilì la mia sorte.

ELISA

Han quelle spoglie anche il tuo cor cangiato.

TAMIRI

Agenore incostante!

ELISA

Aminta ingrato!

Ah, tu non sei più mio!

TAMIRI

Ah, l'amor tuo finì!

AMINTA

Così non dirmi, oh Dio!

AGENORE

Non dirmi, oh Dio! così.

ELISA

Dov'è quel mio pastore?

TAMIRI

Quel mio fedel dov'è?

AMINTA *ed* AGENORE

Ah, mi si agghiaccia il core!

A QUATTRO

AH, CHE SARÀ DI ME!

ATTO TERZO

SCENA PRIMA

Parte interna di grande e deliziosa grotta, formata capricciosamente nel vivo sasso dalla natura, distinta e rivestita in gran parte dal vivace verde delle varie piante, o dall'alto pendenti o serpeggianti all'intorno, e rallegrata da una vena di linmpid'acqua, che, scendendo obliquamente fra' sassi, or si nasconde, or si mostra, e finalmente si perde. Gli spaziosi trafori, che rendono il sito luminoso, scuoprono l'aspetto di diverse amene ed ineguali colline in lontano, e, in distanza minore, di qualche tenda militare, onde si comprenda essere il luogo nelle vicinanze del campo greco.

AMINTA solo.

AMINTA

Aimè! declina il sol: già il tempo è scorso

Che a' miei dubbi penosi

Agenore concesse. Ad ogni fronda,

Che fan l'aure tremar, parmi ch'ei torni,

E a decider mi stringa. Io, da che nacqui,

Mai non mi vidi in tanta angustia. *(siede)* Elisa

Il suo vuol ch'io rammenti

Tenero, lungo e generoso amore:

Con mille idee d'onore

Agenore m'opprime. Io, nel periglio

Di parer vile o di mostrarmi infido

Tremo, ondeggio, m'affanno e non decido.

E questo è il regno? e così ben si vive

Fra la porpora e l'òr? Misere spoglie!

Siete premio o castigo? In questo giorno

Non ho più ben, da che mi siete intorno.

Fin che in povere lane... Oh me infelice!

Agenore già vien. Che dirgli? Oh Dio! *(si leva)*

Secondarlo non posso;

Resistergli non so. Troppo ha costui

Dominio sul mio cor. Mi sgrida, e l'amo;

M'affligge, e lo rispetto. *(pensa, e poi risoluto)* Ah! non si venga

Seco a contesa.

SCENA SECONDA

AGENORE e detto.

AGENORE

E irresoluto ancora

Ti ritrovo, o mio re?

AMINTA

No.

AGENORE

Decidesti?

AMINTA

Sì.

AGENORE

Come?

AMINTA

Il dover mio

A compir son disposto.

AGENORE

Ad Alessandro

Dunque d'andar più non ricusi?

AMINTA

A lui

Anzi già m'incammino.

AGENORE

Elisa e trono

Vedi che andar non ponno insieme.

AMINTA

È vero.

Né d'un eroe benefico al disegno

Oppor si dee chi ne riceve un regno.

AGENORE

Oh fortunato Aminta! oh qual compagna

Ti destinan le stelle! Amala: è degna

Degli affetti d'un re.

AMINTA

Comprendo, amico,

Tutta la mia felicità. Non dirmi

D'amar la sposa mia. Già l'amo a segno,

Che senza lei mi spiacerebbe il regno.

L'amerò, sarò costante:

Fido sposo e fido amante,

Sol per lei sospirerò.

In sì caro e dolce oggetto

La mia gioia, il mio diletto,

La mia pace io troverò. *(parte)*

SCENA TERZA

Agenore solo.

AGENORE

Uscite al fine, uscite,

Trattenuti sospiri,

Dal carcere del cor; più nol contende

Al fin la mia virtù. L'onor, la fede

Son soddisfatti appieno:

Abbia l'amor qualche momento almeno.

Oh Dio, bella Tamiri, oh Dio...

SCENA QUARTA

ELISA e detto.

ELISA

Ma senti,

Agenore: quai fole

S'inventan qui per tormentarmi? È sparso

Ch'oggi Aminta a Tamiri

Darà la man di sposo, e si pretende

Che a tal menzogna io presti fé. Dovrei,

Per crederlo capace

Di tanta infedeltà, conoscer meno

D'Aminta il cor. Ma chi sarà costui

Che ha dell'affanno altrui

Sì maligno piacer?

AGENORE

Mia cara Elisa,

Esci d'error: nessun t'inganna.

ELISA

E sei

Tu sì credulo ancor? tu ancor faresti

Sì gran torto ad Aminta?

AGENORE

Io non saprei

Per qual via dubitarne.

ELISA

E mi abbandona

Dunque Aminta così... No, non è vero:

Ti lasciasti ingannar. Donde apprendesti

Novella sì gentil?

AGENORE

Da lui.

ELISA

Da lui!

AGENORE

Sì, dall'istesso Aminta.

ELISA

Dove?

AGENORE

Qui.

ELISA

Quando?

AGENORE

Or ora.

ELISA

E disse?

AGENORE

E disse

Che al voler d'Alessandro

Non dessi oppor chi ne riceve un regno.

ELISA

Santi numi del ciel! Come! a Tamiri

Darà la man?

AGENORE

La mano e il cor.

ELISA

Che possa

Così tradirmi Aminta!

AGENORE

Ah! cangia, Elisa,

Cangia ancor tu pensiero,

Cedi al destin.

ELISA

(con impeto ma piangendo) No, non sarà mai vero:

Non lo speri Alessandro,

Nol pretenda Tamiri. Egli è mio sposo;

La sua sposa son io:

Io l'amai da che nacqui; Aminta è mio.

AGENORE

È giusto, o bella ninfa,

Ma inutile il tuo duol. Se saggia sei,

Credimi, ti consola.

ELISA

Io consolarmi?

Ingegnoso consiglio

Facile ad eseguir!

AGENORE

L'eseguirai,

Se imitar mi vorrai. Puoi consolarti,

E ne déi dall'esempio esser convinta.

ELISA

Io non voglio imitarti;

Consolarmi io non voglio: io voglio Aminta.

AGENORE

Ma, s'ei più tuo non è, con quei trasporti

Che puoi far?

ELISA

Che far posso? Ad Alessandro,

Agli uomini, agli dèi pietà, mercede,

Giustizia chiederò. Voglio che Aminta

Confessi a tutti in faccia

Che del suo cor m'ha fatto dono; e voglio,

Se pretende il crudel che ad altri il ceda,

Voglio morir d'affanno, e ch'ei lo veda.

Io rimaner divisa

Dal caro mio pastore!

No, non lo vuole Amore;

No, non lo soffre Elisa;

No, sì tiranno il core

Il mio pastor non ha.

Ch'altri il mio ben m'involi,

E poi ch'io mi consoli!

Come non hai rossore

Di sì crudel pietà? (parte)

SCENA QUINTA

AGENORE, poi TAMIRI

AGENORE

Povera ninfa! io ti compiango, e intendo

Nella mia la tua pena. E pure Elisa

Ha di me più valor. Perde il suo bene

Ed ha cor di vederlo: a tal cimento

La mia virtù non basta. Io da Tamiri

Convien che fugga; e ritrovar non spero

Alla mia debolezza altro ricorso. *(in atto di partire)*

TAMIRI

Agenore, t'arresta.

AGENORE

(O dèi, soccorso!)

TAMIRI

D'un regno debitrice *(con ironia)*

Ad amator sì degno

Dunque è Tamiri?

AGENORE

Il debitore è il regno.

TAMIRI

Perché sì gran novella *(con ironia)*

Non recarmi tu stesso? Io dal tuo labbro

Più che da un foglio tuo l'avrei gradita.

73

AGENORE

Troppo mi parve ardita

Quest'impresa, o regina.

TAMIRI

(con risentimento)

Era men grande

Che il cedermi ad Aminta.

AGENORE

È ver; ma forse

L'idea del dover mio

In faccia a te... Bella regina, addio.

TAMIRI

Sentimi. Dove corri?

AGENORE

A ricordarmi

Che sei la mia sovrana.

TAMIRI

Sol tua mercé. *(con ironia)*

AGENORE

Ch'io d'esser teco evìti

Chiede il rispetto mio.

TAMIRI

(con isdegno)

Tanto rispetto

È immaturo fin or: sarà più giusto

Quando al tuo re la mano

Porger m'avrai veduto.

AGENORE

Io nol vedrò.

TAMIRI

(con impeto)

Che! nol vedrai? Ti voglio

Presente alle mie nozze.

AGENORE

Ah! no, perdona:

Questo è l'ultimo addio.

TAMIRI

Senti. Ove vai?

AGENORE

Ove il Ciel mi destina.

TAMIRI

E ubbidisci così la tua regina? *(con impeto)*

AGENORE

Già senza me...

TAMIRI

No, senza te sarebbe

La mia sorte men bella.

AGENORE

E che pretendi?

TAMIRI

Che mi vegga felice *(con ironia)*

Il mio benefattore, e si compiaccia

Dell'opra sua.

AGENORE

(Che tirannia!) Deh! cangia,

Tamiri, per pietà...

TAMIRI

(con impeto)

Prieghi non odo,

Né scuse accetto: ubbidienza io voglio

Da un suddito fedele.

AGENORE

(Oh Dio!)

TAMIRI

M'udisti? *(come sopra)*

AGENORE

Ubbidirò, crudele.

TAMIRI

Se tu di me fai dono,

Se vuoi che d'altri io sia,

Perché la colpa è mia?

Perché son io crudel?

La mia dolcezza imìta:

L'abbandonata io sono,

E non t'insulto ardita,

CHIAMANDOTI INFEDEL. *(PARTE)*

SCENA SESTA

AGENORE SOLO.

AGENORE

Misero cor! credevi

D'aver tutte sofferte

Le tirannie d'amore. Ah! non è vero:

Ancor la più funesta,

Misero core, a tollerar ti resta.

Sol può dir come si trova

Un amante in questo stato,

Qualche amante sfortunato,

Che lo prova al par di me.

Un tormento è quel ch'io sento

Più crudel d'ogni tormento;

È un tormento disperato,

CHE SOFFRIBILE NON È. (PARTE)

SCENA SETTIMA

Parte dello spazio circondato dal gran portico del celebre tempio di Ercole tirio.

FRA L'ARMONIA STREPITOSA DE'MILITARI STROMENTI ESCE ALESSANDRO, PRECEDUTO DA'CAPITANI GRECI E SEGUÌTO DA'NOBILI DI SIDONE; POI TAMIRI, INDI AGENORE

AGENORE

Voi, che fausti ognor donate

Nuovi germi a' lauri miei,

Secondate, amici dèi,

Anche i moti del mio cor.

Sempre un astro luminoso

Sia per voi la gloria mia;

Pur che sempre un astro sia

Di benefico splendor.

Olà! che più si tarda? Il sol tramonta:

Perché il re non si vede?

Dov'è Tamiri?

TAMIRI

È d'Alessandro al piede.

ALESSANDRO

Sei tu la principessa?

TAMIRI

Son io.

AGENORE

Signor, non dubitarne: è dessa.

TAMIRI

Perdonare a' nemici

Sanno gli eroi; ma sollevarli al trono

Sanno sol gli Alessandri. Io dirti i moti,

Signor, non so, che per te sento in petto.

Vincitor ti rispetto, eroe t'onoro,

T'amo benefattor, nume t'adoro.

ALESSANDRO

È gran premio dell'opra

Render superbo un trono

Di sì amabil regina.

TAMIRI

Ancor nol sono.

ALESSANDRO

Ma sol manca un istante.

TAMIRI

Odi. Agenore, amante,

La mia grandezza all'amor suo prepone.

Se alla grandezza mia posporre io debba

Un'anima sì fida,

Esamini Alessandro e ne decida.

Quel, che nel caso mio

Alessandro faria, far voglio anch'io.

ALESSANDRO

E tu sapesti, amando... *(ad Agenore)*

AGENORE

Odila; e vedi

Se usurpar dessi al trono

Un'anima sì bella.

ALESSANDRO

(a Tamiri)

E tu sì grata

Dunque ti senti a lui...

TAMIRI

L'ascolta; e dimmi

Se merita un castigo

Tanta virtù.

AGENORE

Ma, principessa, or ora

Lieta pur mi paresti

Del nuziale invito.

TAMIRI

No; ma tu mi credesti

Più ambiziosa che amante: io t'ho punito.

ALESSANDRO

Dèi, qual virtù! qual fede!

SCENA OTTAVA

Elisa e detti.

ELISA

Ah! giustizia, signor, pietà, mercede!

ALESSANDRO

Chi sei? che brami?

ELISA

Io sono Elisa. Imploro

D'Alessandro il soccorso

A pro d'un core ingiustamente oppresso.

ALESSANDRO

Contro chi mai?

ELISA

Contro Alessandro istesso.

ALESSANDRO

Che ti fece Alessandro?

ELISA

Egli m'invola

Ogni mia pace, ogni mio ben; d'affanno

Ei vuol vedermi estinta.

D'Aminta io vivo: ei mi rapisce Aminta.

ALESSANDRO

Aminta? E qual ragione

Hai tu sopra di lui?

ELISA

Qual! Da bambina

Ebbi il suo core in dono, e sino ad ora

Sempre quel core ho posseduto in pace.

È un ingiusto, è un rapace

Chi ne dispon, s'io non lo cedo; ed io

La vita cederò, non l'idol mio.

ALESSANDRO

Colui che il cor ti diè, ninfa gentile,

Era Aminta il pastore: a te giammai

ABDOLONIMO IL RE NON DIEDE IL CORE.

SCENA ULTIMA

AMINTA

Signor, io sono Aminta e son pastore.

ALESSANDRO

Come!

AMINTA

Le regie spoglie

Ecco al tuo piè. *(si depongono i bacili a' piedi di Alessandro)* Con le mie lane intorno,

Alla mia greggia, alla mia pace io torno.

ALESSANDRO

E Tamiri non è...

AMINTA

Tamiri è degna

Del cor d'un re; ma non è degna Elisa

Ch'io le manchi di fé. Pastor mi scelse;

Re non deggio lasciarla. Elisa e trono

Giacché non vanno insieme, abbiasi il regno

Chi ha di regnar talento:

Purché Elisa mi resti, io son contento;

Ché un fido pastorello,

Signor, sia con tua pace,

Più che un re senza fede, esser mi piace.

AGENORE

Che ascolto!

ALESSANDRO

Ove son io!

ELISA

Agenore, io tel dissi: Aminta è mio.

ALESSANDRO

Oh dèi! Quando felici

Tutti io render pretendo,

Miseri, ad onta mia, tutti io vi rendo!

Ah! non sia ver. Sì generosi amanti

Non divida Alessandro. Eccoti, Aminta,

La bella Elisa. Ecco, Tamiri, il tuo

Agenore fedel. *(ad Aminta ed Elisa)* Voi di Sidone

Or sarete i regnanti; *(ad Agenore e Tamiri)* e voi soggetti

Non resterete. A fabbricarvi il trono

La mia fortuna impegno;

Ed a tanta virtù non manca un regno.

TAMIRI *ed* AGENORE

Oh grande!

AMINTA *ed* ELISA

Oh giusto!

ALESSANDRO

Ah! vegga al fin Sidone

Coronato il suo re.

AMINTA

Ma in queste spoglie...

ALESSANDRO

In queste spoglie a caso

Qui non ti guida il Cielo. Il Ciel predice

Del tuo regno felice

Tutto, per questa via, forse il tenore:

Bella sorte d'un regno è il re pastore.

CORO

Dalla selva e dall'ovile

Porti al soglio Aminta il piè;

Ma per noi non cangi stile:

Sia pastore il nostro re